莲的方式

郑玉彬 著

暨南大学出版社
JINAN UNIVERSITY PRESS

中国·广州

图书在版编目（CIP）数据

莲的方式/郑玉彬著 . —广州：暨南大学出版社，2023.11
ISBN 978 - 7 - 5668 - 3128 - 6

Ⅰ. ①莲… Ⅱ. ①郑… Ⅲ. ①诗集—中国—当代 Ⅳ. ①I227

中国国家版本馆 CIP 数据核字（2023）第 150200 号

莲的方式
LIAN DE FANGSHI
著　者：郑玉彬

· ·

出 版 人：阳　翼
策划编辑：杜小陆
责任编辑：潘江曼
责任校对：刘舜怡　林玉翠
责任印制：周一丹　郑玉婷

出版发行：暨南大学出版社（511443）
电　　话：总编室（8620）37332601
　　　　　营销部（8620）37332680　37332681　37332682　37332683
传　　真：（8620）37332660（办公室）　37332684（营销部）
网　　址：http://www.jnupress.com
排　　版：广州良弓广告有限公司
印　　刷：佛山市浩文彩色印刷有限公司
开　　本：850mm×1168mm　1/32
印　　张：5
字　　数：80 千
版　　次：2023 年 11 月第 1 版
印　　次：2023 年 11 月第 1 次
定　　价：29.80 元

女性经验与生命感知

——序郑玉彬诗集《莲的方式》

中山诗人郑玉彬将她近年来创作的一百多首诗结集，取名《莲的方式》，准备交出版社出版。这是她对自己多年诗歌创作的一次回顾和总结，也可以视作其内心深处始终激荡着的钟爱文学的热情与心声的集中表白。阅读这百余首诗作，我觉得有两方面令人印象深刻，一方面是诗人敏锐的女性直觉和性别体验，另一方面是深邃的人生领悟与生命感知。前者是基于诗人突出的性别自觉，它也构成了诗人打开世界与人生的独特方式和路径；后者则体现了诗人对性别的超越，是一种从更开阔、更幽深的视野上对人类生命本身的深度审视与理性观照，是诗人鲜明的主体个性与强烈生命意识的艺术凸显。两者的各自显现与彼此依存，将诗人独具精神特色与美学品质的诗学世界有效地构建起来。

优秀的女性诗人，总是保有极为显在的

女性经验和女性意识，她们常常能从女性的精神镜像和特定视野出发，来打量、感受和体验这个世界，进而收纳对宇宙人生的独特理解与认识，并用凸显鲜明女性特征的艺术语言将其所观照的独特世界景观书写与阐发出来。在《回到海的深处》一诗中，郑玉彬这样写道：

> 没有沉入漩涡的必要
> 让风走吧
> 它回归南方
> 回归海的温柔
>
> 倘若漩涡是一种拥抱
> 让鱼变成人吧
> 我们在赶路，鱼在退却
> 海的心中藏着沉默
>
> 想象，我是海
> 日月星辰在怀中萦绕
> 假象，如头发生长
> 缠绕着我们

没有陷入漩涡的必要

让双脚变回尾鳍

回到海的深处

黑夜与白昼在一起

回到海的深处，回到生命的宁静与安谧之中，不再有漩涡和飓风，不再有颠簸和呼啸，这是诗人所期待的一种理想的生命状态，这种生命状态，恰似婴儿回到母腹，回到最为安详的存在状态。毫无疑问，这种生命状态的写照，是与诗人的女性经验和独特的性别意识密切相关的。而关于静谧、安详、宁静等美妙的人生处境和生命状态的感知，或许正是身怀六甲的女子对于腹中胎儿的神秘感受。

在中国式现代化不断走向深入的过程中，祖国大地上各种建设也次第展开，有序推进。高楼层起，旧城改造，道路拓展，隧道开挖，高铁铺设，等等，无不构成了中国当代现代化建设的重要景观。诗人也对城市道路建设的具体情景进行了艺术的书写，《隧道正在修建中》就是其中一首有代表性的诗作：

一条隧道

为了疏通将来的淤塞

修建　在它发育过程中

路却变成了　深壑

我们临渊相望

经受着它产前的阵痛

无数隧道

为了将来的快乐

在人身上

挖筑　在它发育过程中

痛苦却日渐堆积

每个人期盼着

全身经脉　快点打通

隧道在不断形成

或明或暗或公开或隐蔽

不同的隧道有不同的生成办法生成不同

的走法

它日渐成形

终有一天会完工　那时

才能知道

哪些通往天堂

哪些到了地狱

在诗人眼里，道路处于开挖阶段，隧道尚未打通，四处的路纷纷"变成了深壑"时，是令人不忍目睹的，这种不忍直视的痛苦状态，被诗人描述为"我们临渊相望／经受着它产前的阵痛"，以孕妇临产的"阵痛"体验来比喻目睹道路坑坑洼洼的极度不舒适感，这是只有女性才可能生发出的精神体验，而这种独特的精神体验，又是女性诗人在诗性言说中自然流露出的，从而显得格外真实、生动和恰切。其实如果我们再细心一点，还能发现这首诗中所包含的来自女性诗人独有的观照视野与生命感知的诸多信息，如"发育""产前""阵痛""成形""完工"等词语，都可以看作女性与人类生命生成之间的话语表述，都有着不容忽视的性别意味，而且是诗人在无意识之中将它们编织进自己诗歌文本之中的，并没有刻意雕琢和装饰的痕迹。

《莲的方式》是郑玉彬诗歌文本中尤其让人难忘的佳作，这首诗精短、凝练，同时彰显着鲜明的女性精神气质：

莲，碎成一地的理论
孤单，安静，或明或暗

偶尔在精神世界里
荡出几丝禅的水纹

莲，有一把刀
切割你与泥土的联系

莲，一棵在风中
完成自我的草

在诗人看来，安卧水面的莲是孤独的、安静的，这静卧在水面之上的莲，其楚楚动人的状态，或许正是一个诗人在现实之中平静生活、处乱不惊的隐喻与象征。这莲并不沉溺于世俗的泥淖之中，而是有着明确的精神追求，她总是"偶尔在精神世界里/荡出几丝禅的水纹"。"莲"与"连"谐音，自然世界的"莲"，其实可以细分为"莲叶""莲花""莲藕"等多个部分，它们彼此相连，难以分割。不过，有时为了成就另一种生命形态，舍弃牵连，彼此"切割"又是在所难免的。于是，就有了接下来这一节"莲，有一把刀/切割你与泥土的联系"。"切割"的动作，会让我们自然联想到胎儿离开母体时，剪掉脐带的那个生命瞬间，这样的句式构筑，很显然来自女性的本体意识和生命直觉。当一个新生命出现，莲又一次完成了自己，"莲，一棵在风中/完成自我的草"，言说的就是这种人生领悟，伟大而又平凡，这不正是世上所有母亲都在扮演着的生命角色吗？

　　女性经验成就了郑玉彬诗歌中丰富的情感表达和生动的生命写照，使其艺术创作达到了不俗的境地。难能可贵的是，郑玉彬并没有在女性经验和女性意识的诗意彰显前自我陶醉、止步不前，而是将思维的视野进一步拓展，在更宽阔和更深厚的精神领域中，将所领悟和洞察到的生命感知攫取并呈现出来。这种生命感知，不再只是纯粹依赖女性经验就能获取的，而是诗人所具有的某种超越性别的生命诗学与人类意识的形象展示。短诗《生命之河》如此道来：

　　一个念头如一颗子弹

或一场风暴呼啸在脑海

让我觉知了浅薄

让我警醒某些章节还藏匿着污垢

当子弹终于呼啸而过

我能描绘出

一条河

一条呼啸在北方的河　　血液里的河

带着沉重依然呼啸奔腾的　　生命之河

　　在匆匆的生命之旅中，诗人深切地领悟到，一个人有时偶尔生成的一个观念、一个想法，可能正如"一颗子弹"，或者是"一场风暴"，这是一种顿悟人生的精神状态。事实上，"子弹"也好，"风暴"也罢，不过是人生之中超乎寻常的存在样态，而它们的出现，又是个体生命得以凸显和强化的某种"巅峰时刻"，一个人精神的跃升、境界的突破，其实是需要这样的"子弹"和"风暴"来引爆的。子弹呼啸之后，生命还得照常运行，不过，经历"子弹"和"风暴"洗礼之后，个体生命的奔腾，增添了更多的力量和气势，从此成为"带着沉重依然呼啸奔腾的""生命之河"。在这首诗里，诗人对生命的领悟与感知无疑是深刻的、富有气势的，已经实现了对女性诗人性别局限的超越。

正是从超性别的视野出发，诗人才可能在一个更为高远的精神境遇上来理解现实世界，来阐释人类生命的内在奥义。她从品茶之中，品到了人生的滋味："将世界捋于脑后／茶叶在水中舞蹈，复活的／不仅是树的华章，更有／先苦后甘，人生的滋味"（《品茗》）；在"祖屋"身上，目睹祖辈的生命风采："风在旧物里呻吟／星光在瓦片上弹跳／从一到百，从百到零／你，如草木一般／闪着生与灭的荣光"（《祖屋》）；屋中听雨，她居然听到了小鸟在雕镂着它们的夏日："山林静谧，让心回家／围屋里，听雨声滴答／听一双鸟／隔空，雕镂着它们的夏天"（《围屋听雨》）。这些关于人生和世界的诗意表述，都可以说是诗人以超越性别的开放性视野与心怀所洞察和领悟到的宇宙人生真意的审美阐发。

以超越性的视野和心怀来感受和理解现实人生，从而获取较为深邃和独到的生命感知，并渗透于分行的文字之中，这使得郑玉彬的诗作在艺术呈现女性气质的同时，还增添了更为丰富的内在韵味与精神维度，具有了更感人的艺术魅力。而对禅宗观念的接受和诗性演绎，又将其对生命的感悟与认知加以有效提升。我们可用《黛螺顶听雨》一诗为例来说明：

梵音中，眼眶湿润
三心未了
坐峰顶而不知峰在哪儿
听雨，寻未解之道

雨打青峰，朱门开闭
笔墨涂抹不出松风苦吟

道场原是心场
有人寻到路，有人悟到机
也有人，空坐
无我也无他

禅宗是一种对现实人生充满关怀的宗教形态，它尤其强调每个生命个体从自我感知出发，咀嚼人生的独特意味。在《黛螺顶听雨》一诗中，诗人借助对禅宗真义的理解，从现实场景中感悟到生命形态的多样性和丰富性，也感知到人类心灵空间的无穷博大和意蕴丰厚，由此对人生和世界生发出了全新的体验与感知。

是为序。

张德明

诗评家

岭南师范学院文学与传媒学院教授

南方诗歌研究中心主任

2023 年 2 月 10—20 日

于南方诗歌研究中心

目录

卷三 寂静的春天

卷四 品 茗

卷一

时光流逝的声音

午后，阳光飞舞

我们交换着
音乐，文字，旅途，天空
在慢慢淡白的日子
寻找生命答案

清晨
拔掉杂芜栽进未来
生长力量挺拔风中
松声如涛

星空即将闪耀
远行听雪
留一屋金黄阳光
待你收割

（2017.09.02）

夏日镜像

骤雨后，银幕里
我既是观众也是主角
夕阳洒在我的山河上
缓缓的暖驱赶多年的冷

柴可夫斯基用悲怆写好挽歌
江河借着他的音乐直奔内心
这令人又爱又痛的江河呵
搅动了夏的五脏六腑……

（2015.07.06）

莲的方式

莲，碎成一地的理论
孤单，安静，或明或暗

偶尔在精神世界里
荡出几丝禅的水纹

莲，有一把刀
切割你与泥土的联系

莲，一棵在风中
完成自我的草

（2018.02.08）

隧道正在修建中

一条隧道
为了疏通将来的淤塞
修建　在它发育过程中
路却变成了　深壑
我们临渊相望
经受着它产前的阵痛

无数隧道
为了将来的快乐
在人身上
挖筑　在它发育过程中
痛苦却日渐堆积
每个人期盼着
全身经脉　快点打通

隧道在不断形成
或明或暗或公开或隐蔽
不同的隧道有不同的生成办法生成不同的走法
它日渐成形
终有一天会完工　那时
才能知道
哪些通往天堂
哪些到了地狱

(2010.09.13)

被遗忘的铁轨

历史笔锋留下几根线头
蜷缩在幢幢高楼下
它本是路，此时
前后左右已无路可走

被遗忘的火车头
驶进博物馆
留下那段铁轨，何处安魂
一蓬蒿草，几根肋骨般的枕木
一盏蓝灯，如我的眼睛
幽幽，落在时间之外

（2017.12.20）

生命之河

一个念头如一颗子弹

或一场风暴呼啸在脑海

让我觉知了浅薄

让我警醒某些章节还藏匿着污垢

当子弹终于呼啸而过

我能描绘出

一条河

一条呼啸在北方的河　血液里的河

带着沉重依然呼啸奔腾的　生命之河

（2014.09.29）

汨罗江

你任由他苦苦
在江上打捞菖蒲、峨冠
还有白雾的碎片
你看着他离开喧哗的鼓声
咬落鲜血
用迷离的眼神祭奠——
遗落的片牍

是的，你无动于衷
是的，你自在于汪洋中
任由埋伏的水草
缠绕脚踝缚紧双手
把人的灵魂
扯向未知的深洞

还有谁，在生活洪流中
苦苦穿越千年
寻找，汨罗江

（2016.06.12）

听　曲

夜，拒绝为爱披上外衣
却为战鼓谱好了旋律
荣华与生死的角逐

刀，拒绝被赋予生命
夜半的路，茫茫成海
无奈的新月悬挂树梢

翻落，红烛点亮了宫殿
山林水岸呼唤
电驰光烁，乌鸦密集

刀必须出鞘，血必然微笑
夜光杯破碎
碎片闪烁日月光华

满天带涩，却落不下一滴泪
一曲《折桂令》
演尽人间，无限事

(2009.06.15)

戏　水

光与影，扑朔迷离地扭曲
如一条条小金蛇蠕动，闪着诱人的眼神
我接受它的诱惑，它的亲切让人放肆
我知道它的致命，就像知道树叶即将飘落

折断的翅膀藏在水里
月光让人变成了鱼……

不要告诉我是与非
我们只是学会掩盖
如水掩盖了地球一大半真面目
人的一半是兽
不吃肉不喝酒不慕名利
不是脱俗，只是已曾拥有或
——无法拥有！

水，温暖，亲热
像爱人的怀抱

我憋气潜水，一口气游了十几米不曾抬头
就如在人群中只能闭声潜行
害怕一抬头，就沉了下去

暖和的南太平洋就在前面

让我飞翔

小金蛇跟着

寻找凡·高画里扭曲的向日葵

半人半兽的女人

痛苦而又热烈的诱因

(2010.02.12)

高　温

路上的人在逃遁
手里握着饮料像握着
一根救命稻草
狂躁的太阳
点燃紫荆花，点燃柏油和空气
人们的身上
流淌着橙色的汗水
匆忙，躲进清凉的暗房
鸟儿停止了啼叫
知了停止了嘶鸣
只有空调机嗡嗡作响

在逃遁的人群中
一个老汉
从这条街走到那条街
从这个垃圾桶找到那个垃圾桶
就像他以前侍弄土地一样
细心，他在垃圾中找到被丢弃的
希望，对着瓶口向里察看
仰着头，喝掉易拉罐里最后一滴
咂嘴，品尝水滴中仅有的糖分
然后，打开背着的蛇皮袋子

蹲在灼热的水泥地上

对烈日充满感激地

盘点自己开心的笑容……

（2007.08.07）

天空用一场雨打开新年

深宵，雨丝凌乱
咳嗽声声盖不过机器嗡鸣
保安室白炽灯照着
无休的夜，寂静中
我们用生命换取生活
向值班大哥点头致意
裹紧风衣
走向空无一人的街

今年的雨滴
洗涤去年的陈尘
风来时，路在延长
一只乌鹕惊飞
星空缓缓远离

（2018.01.02）

今天轮到我被骗

天天在讲
网络诈骗、电话诈骗
为别人的低级错误摇头
今天轮到我被骗了

有人冒充孩子的QQ
轻松地诈了我一笔
钱划出的一瞬间意识到被骗
报警，录口供
折腾了一小时后
警察告诉我
钱，估计难以追回

走出派出所的门
似乎看到被骗致死的
山东女孩广东女孩
就在对面，看着我

（2018.04.04）

风波再起

无风，无月
疤痕在星光下发亮
伏枝，炫耀风的威力

隔着精致的橱窗
断桩与象牙雕
黑夜里暗语

冻土、冰川尖叫
海，陆，空
愤怒的胚胎正在生成

（2019.02.07）

静待眼中的岩石风化

有的时候，蔬菜的清甜能带出
那一刻的怦然心动
有的时候，点赞之手放下
想起合二为一的谬语

脚悬深渊，想起
人、传说、黑洞

我在侦测谁，谁又在侦测我
无法为自己画像，只好
静待眼中的岩石
风化——

(2019. 04. 17)

回到海的深处

没有沉入漩涡的必要
让风走吧
它回归南方
回归海的温柔

倘若漩涡是一种拥抱
让鱼变成人吧
我们在赶路，鱼在退却
海的心中藏着沉默

想象，我是海
日月星辰在怀中萦绕
假象，如头发生长
缠绕着我们

没有陷入漩涡的必要
让双脚变回尾鳍
回到海的深处
黑夜与白昼在一起

(2021.05.19)

故　乡

那地
隐忍着骤风骤雨
隐忍着鸟雀的嬉闹
隐忍着纷沓的脚步
那水
是默而不滞的目光
是舍而不得的故土
是留不住的幻想

那水那地，如我匆匆
奔走人间的母亲
我要柴火时你给了烟花
我要荒原时你给了房子
我要剑时你给了犁
我要星星月亮时
你端来了一盘
溢满的泪

（2022.07.12）

祖　屋

听说客厅的中间
长出了一棵树
屋顶坍塌后，一切重新开始
小蓬草在炉灶里生长
等着燃烧，柚木案几
在陈年香灰下，抽出新芽
孩子们的空中楼阁
已飞回鸟的世界

你是过去的骨骼
是姑姐们青春的舞台
是叔伯们双脚的缰绳
是祖辈悲伤的心——
看
一条没入泥土的头巾
曾经鲜艳
一扇作古的柴门
曾经开阖有度
一声声吆喝，薄暮里
再无回声

风在旧物里呻吟

星光在瓦片上弹跳
从一到百，从百到零
你，如草木一般
闪着生与灭的荣光

（2021.02.14）

离乡的人

我是故乡忘了收拢的一枚红豆
离乡的那天　带走了
浓浓的乡音　沉重的叹息
却带不走留在旧街上　那棵树

远方的滚雷　天空的脸
纷乱的乌云
离乡　只为了遗忘
蝉翼般的人　蛛丝般的网

从学习遗忘到害怕遗忘
从漂泊回航到再次出发
离乡的人
重复着一道无解的题

(2015.09.01)

年　结

回家的路是个结
打了又结，结了又打
过年是一场秀
秀着候鸟们或稠密或稀疏的羽毛

燃灯，祭祀，酒食，守夜
又一次连通血脉，串起旧日风景
推杯换盏中寒与暑交替来袭
忆起甜想起苦，也有的人
掘出了恨
乡音里，一个又一个名字
逐渐逝去

檐下灯笼，照着
这道若即若离的菜，唯有
山前龙眼井依旧
深邃冰凉

（2018.02.20）

春　分

昼夜平分，温柔的光线
遥洒千里，那一抔土
迎风低语
星光照耀着我们
死亡离得还很远
时间也会迷路
叛逆的小孩不愿迈入老年
老天的双手，依然固执

数着春风暗涌的日子
数着破土之后，一幕幕
悲欢离合，如大海般激动
自我翻腾，等着
夏雷惊醒

（2022.02.20）

阿　嬷

低矮的屋檐下，在风中
祈求平安的桃符东倒西歪
收音机里机械的诵经声，在黄昏
牵来一丝慰藉
里屋，光线暗淡
雕花大床依旧盛开
再没有人去琢磨它
是开心，还是郁闷

陈年的胭脂水粉已风化成雪
长年的炭担也凝铸成背上如山的驼
神案上，阿公的眼神
仍是一支让你心惊的箭吗
往年教训媳妇的荆条
你还拎得起吗
浸濡了半个世纪汗水的扁担呵
偶尔，还温暖着子孙们远游的心

夕阳透过门楣
灰尘与烛香在光柱中相追逐
多奇怪的景象啊
一束小小的光线也能让人感觉温暖

一个世纪的恩怨也不过是浮在粥上
薄薄，薄薄的一层浆膜
我们的阿嬷，不经意间
轻轻，轻轻地把它吞下了

青花碗里，白粥稀亮……

(2007. 10. 12)

父爱无声

一部单车
从乡下踩到城里
踩出了从生存到生活的风光
一身硬骨
从洪水到火焰
伟岸、从容了几十年

暮秋时刻，言语是多余的
风雨中，拉我走出残垣断壁
从不知道害怕的你
却让白色迅速漫过了
发际……

(2015. 06. 17)

他们在通往童年的途中

夏风吹起满天的浪
他们闭眼默背　海的歌词
渔家的灯火睁大双眼
翻着相册　辨认无垠的岁月

父亲的兄弟姐妹此刻相聚渔村
微信直播
他们通往童年的途中
三个兄弟三个姐妹
从黑发到白头　每一个人
都是一条路　通向
同一个村庄

（2015.05.06）

妈妈的朋友

一群七十来岁的奶奶
仍把我看成绕膝的小闺女
聊着我，五岁时如何煮饭
如何向她们讨糖吃
如何跌倒了自己爬起来
她们去看电影，如何把我留在家

那小女孩唯一的要求
"把门锁起来"

门一锁就是几十年
她们也走了好几个
留下的，定期聚聚
聊聊过去的苦乐未来的安排
唯一忘记聊的，是那把
关住青春大门的钥匙，如何
还给我

（2022.09.01）

进城咏叹调

打桩机震碎大山的梦
亲一亲，不再属于俺的土地
挥一挥，告别鸡鸭牛羊
伢儿们有了个新名字
——留守儿童

高高的棚架是咱们的舞台
摩天大楼见证了人的伟大
玻璃幕墙反射过来的朝霞和月光
如尽职的工头，定时检视
工棚里，兄弟们长短不均的鼻息声

到了城里，才知道地里的米好
白米的价啊，咋就翻了几个跟斗
到了售楼部，才知道咱的力气值钱
只是工资卡里咋不见有钱涨
到了服装店，才知婆姨的心真高
看吧，使劲地看，望多几眼
就跟穿在身上一样爽

今晚月亮不见了，留下风
掏出横笛，对着河涌里的凤眼莲
吹个咏叹调……

（2023.01.22）

地　下

别忌惮地下
要不彩俑见了光就褪色
要不大树也没法遮天蔽日
要不冰山将淹没世界

别漠视地下
祖先在这里安息
生命在这里发酵
秘密在这里发笑

有时候
地下也是一种保护

（2023.01.06）

抽　离

抽掉房间，见到家
抽掉家见到山峦
抽掉山峦见到了土
抽掉了土，见到水
抽掉水见到了星星
抽掉星星，始见微尘

一次次地抽离
一次次，如刀入鞘

（2022.03.08）

时光流逝的声音

月色模糊，石头

在虫儿的聒噪中沉默

我睁着双眼

听着光阴

在骨骼肌肉间游走

闻着岁月

在皮肤上吱吱作响地烙

看着上帝

在黑夜里留下

一吻

（2022.05.30）

醉龙舞

鼓响，龙醒，风起
雨云堆积，图腾在土中扎根发芽
一团彩练，一坛老酒
打碎了神与人的边界
带来寓意和祝福

举重若轻，舞龙者醉意朦胧
手舞足蹈间有意无意地道破
天与地，人和地，亘古不变的角力
我是龙，龙是谁？终是醉了
门外西江水，流淌的
依然是惆怅

（2022.06.03）

失　眠

一座山或一座城
都不是怀念或失眠的借口
想要分清黑白
却如野马和飞鹰奋战
大彻大悟
是解脱还是软弱的借口
是意志还是表象
无穷的欲望，无止的时间
天空轰鸣

当黑夜无法降临，一切归零
睡吧，此刻言语
晦暗无力，人
借夜的长袍，化茧
生出御风的双翼

（2021.05.06）

梦，是一个人的酒

我问
"你是真的回来了，还是我在梦中"

你托腮
"嗯，让我想想再回答你"

梦是牵挂拍成的影片
只许一个人看

有些伤，有些痛
压在海沟般的一角

有些恨，有些爱
碎成了纳米也依然在

无法说出的梦，是
一个人举着的酒

（2021.08.17）

梦中偶得

梦说

希望

就是

多少人

多少次

把它扔在地下再踩上几脚

而你依然把它捡起

捧在胸口

当成宝贝

(2014. 12. 20)

敲碎夜色

魅惑的声音，如锤
轻轻一敲，碎掉夜之无情
深夜里，循环播放的歌
有一股隔世的味道

要有那么
一点，玩世不恭
一点，怀才不遇
一点，望穿秋水
才能，咽下每一口水
呼出每一口气
心平气和地把红尘繁世
在镜子里摩擦，让镜头
压着灰烬，星辰
尽在窗外

把夜色敲碎
换上心的肤色
那些快乐的事情
存放，好久
好久好久以前

（2022.07.12）

对于你，我从不想说再见

从你扶我上马的那一刻起
我就被放逐在大草原
马在飞奔，风从耳边过
可我是孤独的
就如这寂寞的草原
无声无息，自生自灭

万物在天地间一次次地开花、扬籽
寻找它的牵挂与归宿
我在风中一次次地长大、成熟、衰老、新生
一次次地寻找——
那前世今生归去来兮的赞歌

（2014. 10. 10）

微笑也需要练习

迎面而来的你给了我一个笑脸
想粲然一笑
却发现提起笑肌
得把半个世纪冰川解冻
得把布满雪花点的电视机卖掉
还得把骂骂咧咧的田埂修补成陶家的菊园

向日葵还没扬起笑脸你已经走远
为了再找回那张笑脸
我每天盯着镜子
练习提起嘴角的肌肉
练习微笑再微笑
终于笑了……

(2021.03.31)

生日歌

生日快乐，有谁在唱
窗外蜡梅绽放
尾音在耳边萦绕气温骤升
古老铁蹄嗒嗒作响由远而近

它存于灵魂深处
无日无夜地炙烤着
厌倦了夜夜失眠
期待二重唱轻与慢的节奏
拥被，梦里把腰搂住

（2021.12.24）

昨夜有雨经过

脚步碎碎，落声嘈嘈
让人安静
是秋是冬，是喜或愁
又有啥关系
昨夜的雨
迈向自己，选择自己
顺带把群山浇灌

生与死，背叛与别离
层层叠叠，如
山坡上的石头压着
但生活，藏着那么多
那么多，像蓝铃花
被昨夜的雨吻过

晨光熹微，地上
一个个的海子摇曳着
蓝色的火焰和长矛

(2022.03.03)

骨头咔咔地响

进入耳中的就叫声音吗
映入眼中的就是风景吗
正义，谁来定义
你的神不是我的神

骨头咔咔地响
如岁月在嘲笑光阴
为何我们的生命
如醉酒的秋季
在大声喧哗中左摇右摆，终究
走向无声无息

一屋子的人
总得有人握紧拳头
总得有人破窗而出
总得有人扭头就走

（2022. 12. 17）

天涯海角只是一个词

天涯是一个词
自嘴唇滑落
它努力拍打翅膀的样子
让你想起
季节的执着

海角是一阵风
自我放逐
满天星斗的禾木
无法想象
刷壁时的海岬怒潮

无法握住一抹衣角
无法藏住一缕夕照
唯趁月色如水，棕榈树叶
如歌，再把河山——
读一遍

(2022. 05. 01)

记忆太深

此夜太娇艳，不敢紧握
心想仗剑，手却在刷屏
耗掉一个又一个的雨季

寂寞把记忆越拉越长
青梅，依旧
未熟

（2022.05.20）

旁观者

大厦的影子默默庇护着
虚空穿过
黑乎乎的地铁口，没有
湿漉漉的花朵

做一个观察者，抽离筋与肉
留两根骨一口气
来点风骨与柔情
让生活，继续
做水和云，在石屎森林中
看看，人世
看看，蚂蚁走过的路

（2022.06.01）

当　下

在一棵青草上
触碰到当下清甜，这味道未曾
从吻中来
当下，只在字眼行间
你的生活我无法理解
但那里有悬着的天梯

世界隔着一堵墙
深夜里听着它
尖声大笑或激烈咳嗽
隔着一堵墙
叩问无果，握手无缝
唯有躺平，想着它
美在哪里
犹如想着当下，你
美在哪里

(2022.07.15)

放　下

朋友说，一场大病

让她放下店铺，学生，还有素食

回应身体的呼唤

放下责任与欲望

放下，她说

是某个阶段的任务

而我，两手空空

有什么可以

放下

（2022.08.20）

等　待

割舍了
河湾、沙地、滩涂
拔出了水杉、红树、樟树
唯留，村口大榕树
山上的一缕炊烟

凝望、仰望、眺望
一日日，等待也化为尘埃
风尘总会盖住岁月的眉眼
阳光也将为美人的脸
刻下沟壑

没什么意义与不意义的
手中紧攥那几粒稻谷
要不，吃进肚里
要不，撒在地里

(2022.08.30)

在路上

一个人的城，一个人的路
安静也平和
在走走停停中寻寻觅觅
绕了两圈
终于找到自己的哲学
它在书店角落里
安静地，打量——
这个世界

（2022. 09. 10）

理想·火焰

如一把刀，刻字于地
犁地于野
也在脸上，刻
岁月的沟壑

心里的火焰，是
普罗米修斯的天火，抑或是
点着阿房宫的火把
借刀者，已立地成佛
古老的音乐，拂得掉
心底浮尘，拂不掉
黑暗的丛林

岁月与理想终将燃完
余一点光
把思维和灵魂留在纸上
随风……

（2022.05.30）

卷二

一路风景一路歌

年 华

一圈一圈走，至
黄月上天落叶满心
至山崩地裂
化蝶，化蝶

操场边，孩子们怀抱吉他
弹唱爱的年华
街道上，行者整齐踏步
舞动金秋岁月

一块又一块站牌
渐次逼近，月在故居
看芸芸过客
没有终点

（2017.09.10）

中央大街

阳光在面包石上跳跃
温暖由脚心侵上
十一点十分的天空
蓝得彻底，人
如融化的马迭尔冰糕

凝视，聆听
一条承载太多使命的街
一条沉湎思考的路
江风掀动秋叶，沙沙
传来，它戴着光荣镣铐
起舞的声音……

（2017.09.13）

走在先烈东路

走在先烈东路，品着
你的故事我的沧桑
黄花岗剧院依旧，纪念碑还在
阳光闪烁木棉絮轻飘
找不到曾经的门口
爱恨交加的流年
在心头成荫

青春的剪影，宜做花黄
贴在春的眉心
青春的羊城，留给
昨天的盟誓
推窗，放眼云天
二十年的牵挂，敌不过
一场樱雨

（2018.06.25）

凤凰木

端坐树下，多少年
天色由明转暗
有多爱恋就有多痛苦
紧闭的嘴含着惊雷
守，看四季运行

无法做补天之石
就做流云，做萤虫
做一株飞花如雨的
凤凰木——
层层叠叠的羽叶，牵着
天空的心事，每一颗星辰
都住着一个寂寞灵魂

（2018.07.08）

出　发

此刻你远渡重洋，我仰头看天
没有飞鸟的痕迹
暴雨刚刷过
小草一茬又一茬，匍匐起身
风里的沉香树、千层木、凤凰花
高举双手向天向阳

风儿刚醒，溪水还在沉淀
出发，不忘头顶星星之光
寻梦千里
不忘母亲的土地
不忘那颗让你撬动地球的——
心

（2021.08.08）

罗马广场

每扇窗每个门复制着
两千多年前的辉煌
凯旋门
花朵与武器淹没在
阵阵沙尘中
断垣上
金属眼睛犀利如箭
穿透角斗场边
阵阵人潮

历史喷泉
躲不过干旱季节
高贵的源泉今天缺水
维修中

(2017.09.27)

琉森湖畔

花桥湍流，古堡夕阳
遗世的诱惑
宁静中挟着暗流

折了翅膀的天鹅
坚守爱的信符
游向湖心处
沉淀绵绵情与思

万仞冰川下
躯体里潮声澎湃
每一次涨落，都盈满
马拉美的叹息

（2017.09.13）

给　你

在世界中心见到你
在天涯尽头见到你
麦尖闪耀阳光
葵花低头，无风自颤抖

一帧云是一幅画
一次心跳是一曲歌
白鸟的翻飞，给你
我仰望星空的双眸

（2017. 10. 02）

对 话

航海时代遗下
几百年的岁月静好
湖光，山色，绿野
拥尽了羡慕与愤怒

飞渡，五千里时空
白天与黑夜共存
今天与昨日同行
为你负重前行的肩膀
此刻
长出绿色的羽毛

（2017.10.08）

触　动

天空中飞舞着
铁的诱惑
圣索菲亚教堂的钟声响起
悠长，沉郁
声声撬动
心口的大石

(2017. 10. 31)

卢赛恩石狮子

一抹落霞涂红了石壁穴里
哀伤的脸庞，透骨的利矛

矛尖只能让人疼痛
却无法让你悲哀
悲哀源自无形的箭
家里的母亲
还需用多少个孩子的疼痛
换取一片薄薄的面包

夕阳渐下，借深潭反光
抚摸你的哀伤
抚摸到的却是——
圆明园的烈焰

（2018.04.02）

戈壁滩上的骆驼刺

灼热沙土,无言骄阳
嵌在灵魂里的镜子
同样有泪水
当天空掠过一丝乌云
我就随风去流浪

大风歌从清晨唱到黑夜
戈壁滩上每一滴水的甜味
都是我落地生根的理由
直到哪一天
骆驼把我嚼进胃里
"哗啦"一声
镜子也就爽快地碎掉了

(2007.08.19)

禾　木

——神遗忘了的自留地

禾木，神最后的自留地
喀纳斯河卷走渐红的桦叶
美丽峰的雪封住了鹰的长羽
季节用色彩安抚着村庄

日出而作，日落而息
美酒高歌的生活如此惬意
生命之河是如此短暂
图腾在烟熏火燎中日渐模糊

禾木，神遗忘了的自留地
种子已烂在沙里
空壳的麦穗在风中沉思
——是神，也酩酊大醉了
还是神，已不复存在？

(2007. 08. 19)

候车室

是空是满是圆是方
是未到的回应，还是将来的拒绝
候车室，一个无法漂泊的漂泊者
联结过去与未来，徘徊着
迎来与送往，在忙碌和疲惫中
有时挤丢了孩子
有时挤掉了面具
偶尔，也会捡到被遗忘的
钱包和快乐

候车室，别人的中转站
自己的终点站，铁轨旁的小雏菊
是他的眉眼，盯着电子屏幕
春与冬，梦与想
一轮又一轮的等候
静静呼吸

(2019.05.29)

奔赴新年

除夕，搭最晚一班的列车
车厢空荡荡
与乘务员一起，把
寂寞疲倦藏起，把
微笑赠予陌生人

高铁构筑新的高度
让一个人有了
俯瞰大地的权利
让一颗心热烈而放肆地
打量着收割完毕的——
土地

靠站，两分钟里
完成了告别与重逢
车上车下，挥手道安
借这一缕温度，我们分头
奔赴新年……

（2019.02.04）

围屋听雨

生存的烦忧，时时
潜入梦里，心里的草疯长
焦虑一波又一波拍打——
那面叫作心的岸

推开吱呀作响的木门
回，藏着冬梅夏荷的围龙屋
白墙斑驳，阳光点点
岁月流逝带走了先人
却带不走屋角楼隙间
点点慧光
一间屋，一座城

山林静谧，让心回家
围屋里，听雨声滴答
听一双鸟
隔空，雕镂着它们的夏天

（2019. 10. 10）

蒆猗堂

一竿修竹抱紧
六百年前的蚝壳
尘世明珠
杆杆旌旗漫卷历史长河
一角飞檐，轻轻滴落——
百年风雨

由破而立，走了多少年
由荒芜到繁华，我们不再徘徊

像秤砣缀在天、地、人之间
称出春风秋月
如明镜留在时间深处
让一切传奇平淡
今天的话语留给明天去猜
心中供奉的，始终是——
先人的微笑

（2019.03.05）

接霞庄

向南，向南
一路寻觅一路歌
洗去风尘放下权柄
相约瑞气升腾的南方
长成一棵
临水婆娑的大榕树

走过唐风宋词
走过冬天密雾
用艾草和墨汁熏陶
一个个稚子，用汗水泪水
浇灌出一幢幢
文馆、武馆、暖阁、马房、花舍
坦荡从水面逸来——

以退为进，生生不息
传承王的愿望

(2019.03.05)

华佗山观景感怀

登山，望远，观日
惊艳的目光
连同酡红的醉阳
凝固，在一城灯火中

华佗山，见证了
七十平方公里上，此起彼伏的口号
得能湖上千万朵荷花，犹如
一万零九百五十个日夜改革开放
结出的华葩
绚丽，却又低调

远处，岭南珠水
带着这片土地
一代又一代英雄的故事
带着这方热土
从无到有的奇迹
带着一个
潜龙在渊的秘密
缓缓流淌

调弦，抚笛，扬琴
和着薄暮
用一曲常奏常新的《步步高》
致敬——
逐梦的金秋时节

（2018.08.31）

深中通道工地放歌

骄阳，台风，巨浪
是这片海域的标配
血汗和泪水
也曾是这方土地的印记

红树林长了一寸又一寸
白鹭鸟来了一趟又一趟
沉重的叹息已被锁进博物馆
硝烟散去，浪潮轻刷施工船
朝阳悄悄为人工岛镀上金光

伶仃洋的风，唱一曲《天路》
回家的路不再遥远
伶仃洋的潮声，告诉我
蝴蝶已闪动翅膀
一条巨龙即将翻腾出海

（2019.07.03）

苏堤玩月

一洼静水跃不出山的怀抱
谁人，如一片残荷
没入泥中，皆在躲
却躲不过无处不在的黑夜
孤鹜剪断了红霞，钟声
敲寒了秋色，月
碎在水中

敞怀迎风，苏堤醉月
今晚的眼滴不出泪
箫声呜咽空山无影
那流世的故闻，也不过是
九曲桥上一场
人造烟雨

（2020.08.24）

老村游记

一座又一座的大宅，紧锁
日月清辉
蔓藤枯石幽花上，深藏
历史的枝干
高跟鞋，敲在
长满孝悌忠义贞节牌坊的青石街
扯起的纱巾高扬，如旗帜

祠堂里，拄着拐杖或踱着方步
爷爷、老爷爷、曾爷爷，还有
缠着小脚迈着碎步跟在男人后头
姐姐、姑姑、奶奶们的脸庞
从宋元明清的壁画里
闪出，告诫
"女人，不准进祠堂——"

我挥手大喊
"姐妹们，冲——啊——"
回头一看，四周静悄悄
唯有浸过猪笼的荷塘
波光粼粼，犹如一双
含泪的眼

（2023.02.22）

游库充村

历史无正本
一屋，一木，一井，一双联
皆是浓墨重彩
往事唏嘘，榕树下
与风语

沿着岁月的褶皱
抬头，漂洋过海来的碉楼
随一抹阳光，细看
那页浓缩生老病死的契纸
那个锈迹斑斑的犁铧
犹记，天觉立县筑城兴业
铁城香山惊艳了宋明清
犹记，千年民生千年民声
如醒世的引擎
在史与实的缝隙里
萌芽，开花，结果

树一荫，年一岁
二十一世纪的屋檐下
水泥汀步石替代了青石板
续述，一个
路的故事

（2022.06.10）

卷三

寂静的春天

寂静的春天

每一个变形时钟打开的瞬间
一个时点叠加另一个时点
春来时，能说话者欢欣鼓舞
"我们挺过来了"
而有多少个嘴唇，再也无法开启
如沉默的石头

(2020. 01. 30)

花开不见赏春人

要用多大的勇气与耐心
才能把寂静的岁月走完
要用多大的决心与慧心
才能辨别出
世间与人间的区别

在第一声哭喊爆发之前
在第一个果实掉落之前
在第一朵花凋谢之前
在第一只蝙蝠惊飞之前
在发现天堂不过是一服安慰剂
之前

（2020.03.10）

旷　野

四月的车流
启动冰封的旷野，吹响柳笛
让小草面朝大海
流泪，微笑

（2020.04.30）

九曲河夜饮

朋友说，来吧，幸福的人儿
摘掉口罩
我们的夜空，适合把酒言诗

琥珀色液体倾泻
月光代替河水缓缓流过
店家的吆喝如旧
九曲河如待嫁的新娘，或是
迟暮的美人，留给雷电做抉择
我们只负责重启人间烟火
点燃生活香味
聆听杯与杯，心与心
碰撞的脆响

紫荆花，一瓣又一瓣
扑入怀中杯中
把诗与远方，星星与传说
凝固在当下

（2020.12.04）

守 望

如南方的树叶，受伤了
也要等春天才舍枝飘落
听，风之外汽笛鸣响
宣布着时间的目的地

（2021. 03. 03）

感　觉

时间把感觉刷白
双手攥着的唯有
一把形容词，尽管
美艳多姿，依然无法铺平
天涯鸿沟
依然无法代替胸口
一阵阵玻璃的碎裂声

（2021.04.10）

十　月

岁月的馈赠，丰饶而自在
蔚蓝的弧线在拉高
那悄悄来临的声音
如高铁进站
如飞机穿云过雾
催眠了，颠簸的旅途

宿鸟惊飞又聚拢，一寸寸
向着立足的树枝
向着筑巢安身的小岛
我，一寸寸
向着烟火靠近，沉入人间
多少鞋底磨穿
逆时飞行的，不只
温柔的小诗

(2021.10.20)

我依然祈祷

本想做一个
抽离血肉和躯壳的观察者
留两根骨，搭成天梯
让远道而来的风和雨，忘情在
遗世的馆所，擎天的树

只是从雾霾之城突围
进入的依然是雾霾
世界想和我捉迷藏
他躲在阴影，看着我手足无措
找不到远遁的翅膀

地球不会因为祈祷而停止转动
我依然祈祷
黑夜不会因为祈祷而放弃黑色
我依然祈祷

(2022.01.06)

啜泣的早晨

早晨在啜泣，是谁
刚躲过黑色的灾疫
滔天的海啸
又从大地另一端扑来

烽火，从一个孩子的脚下传到
另一个孩子的脚下

（2022.02.25）

夏之困

什么也不做，什么也做不了
目光囿于四壁，窗外
睡莲不睡鸡蛋花不开，云雀
一声又一声
填不满时光的裂缝

（2022.05.01）

雨从西边过

从西边过，瞥见
一幢又一幢高楼静默
等候开门的吉日，想起
步行街的喧哗，连绵的江畔灯火
工资在袋如鱼儿在水的时光

游轮，摩天轮，还有
铜铸的骆驼祥子
不动，醒着，故痛
而两岸的大风车
如扬起的头颅
期待着，一场风暴

雨下了，很小
寂寥如我和此刻的城

（2022.09.27）

玻璃心

谁在制作明词或暗语
去替代光明与黑暗
谁在制作潮湿的心情
安插小草小花头上
急着把喧嚣传播
赤裸在空气中的心脏
越来越灰，越来越脆

谁在制造时代的
一颗颗——
玻璃心

（2022.10.02）

警 钟

绕着这一符号这幢建筑
跑了一圈又一圈
不记历史不求甚解
曾以为生活永远连绵不绝
可洪水般的车水马龙
在某年某月乍暖还寒时
断流了

一遍又一遍地测试自己
无法排遣的悲伤，犹如
一遍又一遍地调教
一个无法调教的顽童
疾跑，极限时
忘了《布列瑟农》
忘了巴黎圣母院
忘了该忘的东西

熙熙攘攘中是什么
如错位的水泥桩
打进心底

(2022.10.05)

平安夜

墙不再高
有人在上面凿个洞
神的谕意
先把门做出
画也行，打也行
至少要在上面开战

那是出路，人间天堂
在心里，唯有
纸堆里把你复原
从平面到立体
一丝一缕地编织，梦想
长河漫过……

（2022. 12. 24）

同病相怜

泼墨于地，掬水于脸
为每一棵绿树佩戴防毒面具
火狐潜入深海，狼失去草原
蝴蝶与蜻蜓追逐着金龟子
铃兰与霜菊成了这个季节的陪葬品
咳嗽的雾霾令天空戴上口罩
每一个墨迹如滴下黑色的泪

一只白色的鸟
在鼓胀的乌云下擦过
在满地的高楼上掠过
翩飞的白羽穿过弥漫的酸雨
拂晓，这白色的使者终于停靠
在雕花的铁栏杆上
它歪着脑袋望着空落落的大街——
望着自囚于四面高墙里的人

（2023.01.01）

癸卯年春节有感

年三十，鞭炮如骤雨
传达众人心声
重启，重来，重新
大年初一，锣鼓喧天
舞狮者在阴晴处吆喝
"走啦，走啦"
声声，舞动送瘟神

倾城而出
遇久违的亲友，逛久寂的花市
如置身在长篇小说
最后的一章
把自己当成传奇
与树上的千万盏霓虹灯一起
摇晃叹息

三年的雾霾，仿如
剧院里的科幻电影
一惊一乍，消失——
人海中

（2023.01.29）

临　渊

蛰伏了够长时间
凝视深渊也太累了
面前是迷雾加黑夜
退而结网

混沌如树一直在生长
已长出它的秩序
天宇一直在膨胀
谁能丈量它的宽阔
是神的诫命，还是
心中的望远镜

临渊的人
在夜里待久了
仿佛自己也是黑夜
织网久了
身边处处布满了网

（2023.04.23）

520 随记

人类简史将记下孤雌的暗科技
此刻，我们在爬坡
如第一次上山的西西弗斯
未知山顶上是风景
还是巨石即将坠落的开端

远方，山有人的轮廓
近处，树有风的形状
今天的风温热
有生的欲望和春的颜值

520，一个商家催熟的果子
让今天的每一片树叶
每一声笑，都彼此
相爱

（2023.05.20）

面朝大海，你还能作诗吗

长堤椰林风，红树翠鸟空
这些元素再次被你揉碎又组合
一起漫步太空的
是爱情，还是
手上仅握的亲情

往事如海，多少次白浪惊岸
也无法激飞灵魂
曲终人散，多少个词汇翻腾
也无法凑成一首天籁

剩下诗和笔
一种依恋，一种习惯
一种入骨入髓的——
悲伤

（2023.05.27）

同是旅人

如水的目光
收割了如水的六月
波光粼粼中
不谈将来，不谈过去
只谈天边隐隐的惊雷

采一缕窗边的星光
撷一串山上的鸟鸣
接一个断线的风筝
放进明天的行囊

一些人离你而去
另一些人又朝你而来
把浓烈如酒抑或淡雅似茶的相遇
制成书签，夹进——
岁月的书中

(2023.06.27)

卷四

品　茗

祈祷，别了武器

没有人天生签订不平等条约
冰冷的枪、娇艳的花都不在眼前
上帝笑看我们，经过
和平与战争的十字路口

（2015. 05. 21）

灵魂如风

一切战栗于梦醒　此刻
繁花怒放　梦里梦外追逐
灵魂如风
奔跑吧嚎叫吧昂立吧
悬崖边上有菩提——

（2015. 05. 17）

古　剑

岁月欲言又止　凝望它
犹如触碰到历史的目光
这冷冷的铁　驱我
卷进千年前那场卧薪尝胆

(2015. 07. 12)

《1942》观感

国家　社稷　战争
寻常的生死爱恨薄成一片
雪　一片穿透七十年
光阴的雪　袭我

（2015.08.24）

桃花潭

蓄满亲情欢情的深潭
期待花期归期的天空
拈花一笑，相忘
人，空在秋日烟波中

(2015. 11. 18)

夏　雨

京都的细雨　沉默
在唐风宋韵的屋檐下
沾湿的不是衣襟　而是
层层叠叠的心事

（2016.06.19）

劫

说到劫
却看到了一双手
打落棋盘
激起了一波又一波

扶起岁月收整沟壑
谁来击鼓破阵
让山是山水是水

(2016.08.04)

品　茗

将世界抛于脑后
茶叶在水中舞蹈，复活的
不仅是树的华章，更有
先苦后甘，人生的滋味

（2019.01.15）

错　季

有谁，一个春的脑袋
却错着冬的素衣
高温中栽种幽兰
错，由点入面

（2022.08.01）

冬

你我的冬天
藏住了雪，却藏不住
骨头在冰下尖叫
冷月如羽，轻掠
枯叶间

（2022. 12. 12）

庄 子

十万言尽道，道非道非常道

鼓盆一歌直通生与死，天与地

庄周一梦，梦千年

我愿为蝶，可蝶愿为我否

（2022.08.03）

江　湖

心未冷，凡尘凉
欲望与绮梦中
从人海到江海
何处寻青锋……

（2022.05.25）

思　念

等待一声击破寂静的强音
泪眼闪烁
问无垠的夜
我，害怕了吗？

(2022.09.01)

穿越夏日

夏的灼痛　终
随落叶纷飞　随风而去
你赠我春夏秋冬　我赠你东南西北
那一天白山之巅许过的愿
穿越千山万水呈我面前

（2022.09.10）

晶莹之泪

上天怜悯的一滴眼泪
随风雨潜入心扉　从此
烟尘有了——
颜色

（2022.09.12）

光　源

夜里叶落成灾
没有了星星月亮，甚至萤火虫
唯有暗香，一缕
缥缈引路——

（2022.09.15）

大地之舞

父亲扛着锄头
母亲挽着竹篮
他们走向村头的自留地
迎春花在风中　喧哗
舞动大地

(2022. 11. 20)

黛螺顶听雨（组诗）

黛螺顶听雨

梵音中，眼眶湿润
三心未了
坐峰顶而不知峰在哪儿
听雨，寻未解之道

雨打青峰，朱门开闭
笔墨涂抹不出松风苦吟

道场原是心场
有人寻到路，有人悟到机
也有人，空坐
无我也无他

（2019.07.19）

朝台不得

车到山前，无路
村里老人说

台，爬过两座山就到了
山不高，只是无路
不适合扶老携幼

没有了单枪匹马的从容
容不得野马孤鹰的逞勇
中年的伤口，此时
如山上的金莲花，安静
绽放，涂抹着血色残阳

收起不甘与无奈，托一朵云登顶
回车，归家，来路也是归路

（2019.09.14）

台怀镇

络绎不绝的人群
用五体投地或高擎的合掌
把无法掌控的命运
交给高高在上的天门
黄庙，青寺，白塔
红衣和青衫
现代与古老在这里并肩

信仰衍生出的经济里
有人找到了安宁
也有的人，验证了失望

不管信与不信
卷动的铁缆，快速
把人间的烟火
送达云霄，夕阳下
台怀镇华灯初上
路上，依稀仍有
匍匐前进的身影

(2019. 11. 03)

她　们（组诗）

母亲的手，孩子们的家

花雨伞、玫瑰园、童话故事
在一次次的交易中消失殆尽
寄放人间的童年
随一阵蝉鸣，无迹可寻

没有回的航线
找不到家的坐标
娜拉，再无故居
再无过去——

破茧，展翅
泪水模糊不了视线
母亲双手，就是
孩子们的家

（2019.08.25）

暗　伤

春天的你，繁忙中

餍养一条蛇
它缠绕，幻化出
后视镜、放大镜、望远镜、哈哈镜
让空气有了辐射，窥探，放毒的
罪名
窗前的红木棉
看着脚边的藤萝和腐叶
释放陈年的信号
头顶有蝙蝠掠过
一切的言语都敌不过
一道裂痕，一道阴影

往事无法随风，夏天还未抵达
却一脚踏进了冬季

（2019.09.07）

出 口

春天催发了自序语境
一个兴起于山林野外
一行用爱和好挥动带路旗帜的
驴友，让你感知快乐
犹如和亲密的战友驾驭一艘大船

你为自己选择

一条少有人走的路

推着灵魂上山

敞开头颅，赤身

斑驳的斜树杂花间

无路谋路，出世入世

在与自己的角力中

举起，放下

（2019.09.24）

折翼的天使

无法看透，如端砚

圆而不滑，润而不油

源于石，却不肯做一块石

倾吐的狂热化作黑色沉默

负荆而行，持剪

却剪不断如麻的脐带

吐气，练习走平衡木

在生与死、忠与孝当中

揣着乌鸦反哺的故事

脸上有当年放猪读书时掠过的
冷风，遍体鳞伤
仍无法解脱
来处的困与惑

拆掉翅膀
让肩背再次贴紧地面
一个放弃飞天的孩子
一个折翼的天使

（2019.09.30）

走江南（组诗）

走江南

密集的雨丝
遮不住天空
静默。空气。弥漫水的骄傲
我行走在江南
如五月的鲜花

(2013.05.16)

别江南

道声别，你的城
粉砖黛瓦，五月的新雨
道声别，我的城
残荷秋月，旧痕更添新愁

归来吧，歌者殷殷
但愿世上甜如蜜
归何处？流水匆匆

青石板上回荡的是
昨夜的足音……

(2013.05.18)

相思南方

太湖烟波在眼前
看不尽，那渺茫的部分
用来遐想
南方在一片芭蕉叶上
我想念她时
她就是雨后的一颗水珠
那片荷塘，悄悄收藏着——
亭台楼阁榭的一瓣心事

(2015.07.27)

丛林小夜曲

月的梦里，有
鹈鹕、蝴蝶、金龟子、茉莉花
还有一支横笛逍遥自在

一阕心曲

藏匿多时，此刻悄悄奏响

伴着我们在月色中

展开翅膀，飞遍天涯

（2015.06.07）

南方的冬（组诗）

等待寒潮

24度，在紫荆花下吃雪糕刚刚好
一口吞下一个冬天
等待着一场从北到南的寒潮
我将把寒冷据为己有
让它扫荡灰蒙的天空
让它击碎温暾暧昧的面具
让它扫除压积人间的灰垢和渣土
让风能吹，雪能下，雨能飘
让冬是冬，夏是夏

（2022.01.01）

寒　冷

寒潮的前锋
落在一个赶路者的身上
他的恐惧加深
白天的光落在一个乞儿身上
他的寒冷加深

远离人群，仅有的衣襟裹不住
仅有的羞涩

远处山峰与云并肩
世界被雷电催眠
我站在一间四面漏风的格子间
一面巨大的军令状前
雪不会来，雨无法落
人却愈加寒冷

（2022.01.14）

入冬失败

树叶蒙尘，在无尽的等待中
我们很冷
天气预报员却宣布
没有连续五天低于十摄氏度
入冬失败

掸去身上的尘
世间总有更大的荒诞继续上演
总有更大的瓜让人等待

没人能定义成功与失败
你所定义的狗熊，可能是别人的英雄
童话终归是童话
正义来临时，多少山峰已经崩裂
多少善良已埋深渊

譬如此刻，按定义
冬天还没来临，可寒潮
已篡夺了——
春的希望

（2022.01.29）

完美档案室

一

眼睛轻声告诉我
快点动手吧
把平面的纸立起来
为历史重塑一副骨骼
把世界拆开
再拼上

收纳好一个个瞬间
让三维的事物降回二维世界
封闭的山峰，高高的框架
皆是工具
一切跑跳唱嚷理念梦想
终将，遗忘，消失

二

从来没有如此接近真相
此刻，我如医生

观察着，光鲜靓丽
躯干下的病患，又如
环卫工人般，把曾经
崇拜的枯树，扫进
历史的垃圾桶，而且
还为它们打上时间的编码

叠放整齐的档案
无声无息
观察着人世间

三

枯叶，干花
层层叠叠的白纸黑字
它是黑还是白
是生还是死
都已不再发酵

有墨的味道，还有
陈年米酒的味道
真相在这里
最真的谎言也在这里

四

添页，加码，注解
档案们静静地呼吸
看我抹平褶皱，添上新衣
它们趋于完美，我趋于平静

花光了所有的眼泪后
发现，工作仍是工作
远方仍是远方
脑海中
有贡多拉划过的声音

五

闻不到一丝刀光剑影
所有的血或泪，遗留在
外面的世界，这里——
是海底落鲸，生命的坟墓，也是
新生的乐园

当爱消失，走出
完美的档案室，走进
亦真亦幻的世界

（2023.03.08）

母亲的爱

一

太极，艾灸，潮剧
是她的最爱
一钩一抨一松一紧
舞的是太极
理的却是人生哲学
她说不喜欢种花
可花草在她手中，蓬勃生长

她说健康和乐观
是孩子们最大的财富
为此鼓动老伴
晨练，买菜，做饭，带孙

二

妹妹说，一百七十元的太极服
她嫌贵，等着
降价再买

但她刚刚才与父亲
悄悄把五万元转入账户
想帮我在城里，置
一片瓦

三

在穗十一年了，人家问她
家在哪儿？她回说
南海边霞山村
那里有窄街和熟店
那里看病和买衣服都方便
走哪儿都不会迷路，都能张罗
在大城市，自己像盲人样
出门一抹黑

她与父亲
在城与乡之间来回奔波
把日子
过得匆忙而紧实

四

总觉得历史是由讲故事的人创造的
我们家也一样
前半生是父亲在讲话
后半生却是母亲录音机般
倒带，回放，重播一帧一帧画面
在丰富的记忆中
重构家庭的历史故事

陈年旧事如一颗青橄榄
被母亲含在嘴里
品出，先苦后甘

五

总记得，星光下的河水
总记得桥头，蓝空，莹星
一大一小的两个背影
背靠背，眼里的一汪水波
总记得，忽然传来的一声呼救
那走向深水区的母女双影，戛然而止

这情形，出自母亲的叙述

还是我两岁的记忆

现已辨不清

只知道，母爱

及时制止迈向深渊的双脚

六

问过她，若重新选择

你会选择我爸吗

她笑着打我，那还用说

虽然当年三个嗷嗷待哺的孩子

每月才见一次爸爸

虽然当年因为孝顺

受了委屈的媳妇，只能咬着牙坚持

但没见她漏过哪一次

拜神祭祖，祈福全家安康圆满

今年中秋，远离家乡

她仍早早备好糕粉，洗好糕模

招呼好儿孙一起

把月色秋风还有思念

砌进那

一清二白的糕仔中

七

一世的光阴，是编钟回音
还是时光掠过窗口的哨声
是一节供咀嚼的甘蔗
还是一串烟花的浮影
谁也说不清
爱着的，总无法说出口
疼惜的，却随嘀嗒的时针飞逝

母亲的爱无声也无形
一线一缕缝在
孩子们的衣食住行上
点点滴滴浸润
天长地久的血脉

(2023.06.29)